# 꿈꾸는 나비

정연희 시집

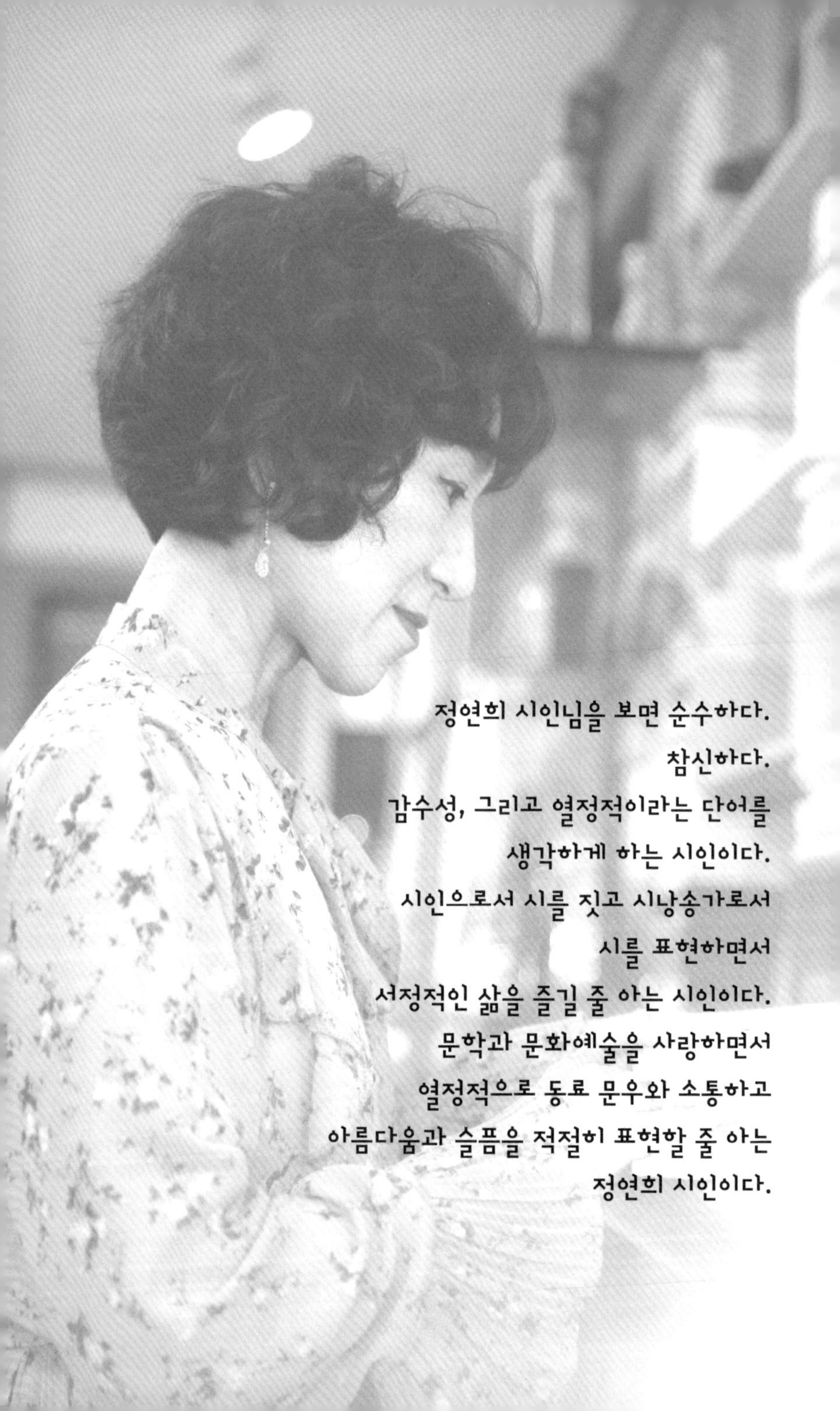

정연희 시인님을 보면 순수하다.
참신하다.
감수성, 그리고 열정적이라는 단어를
생각하게 하는 시인이다.
시인으로서 시를 짓고 시낭송가로서
시를 표현하면서
서정적인 삶을 즐길 줄 아는 시인이다.
문학과 문화예술을 사랑하면서
열정적으로 동료 문우와 소통하고
아름다움과 슬픔을 적절히 표현할 줄 아는
정연희 시인이다.

## 예술로 하늘을 나는 정연희 시인

정연희 시인은 열정적인 표현으로 삶을 관조하면서 작품을 집필한다. 난해한 시적 묘사보다는 자연스러우면서 공감대를 형성할 수 있는 상징적 기법으로 명징하게 전개하는 시인이다. 참신한 이미지처리로 세상을 노래하고 자연을 그리며 시를 창작하고 낭송으로 시를 들려주는 문화예술인이다.

정연희 시인의 자그마한 체구에서 뿜어져 나온 열정은 곧 문학이며 예술이다. 예술로 다져진 작품은 생명이며, 이상, 그리고 참다운 의미를 삶으로 엮어낸다. 누구든 어린 시절엔 꿈도 많고, 세상을 바라보는 눈이 세파에 충혈되지 않은 깨끗하고 투명함만을 담고 있지만, 서서히 나이가 들면서 점점 알아 가는 세상과 맞물려 마음은 혼탁해지고 욕심으로 가득 차기 마련이다. 그런 면에서 정연희 시인님이 표현해내는 작품은 우리의 세상에 찌든 마음을 조금은 뒤돌아보는 계기를 마련해준다.

"꿈꾸는 나비" 제호처럼 직설적이지 않으면서도 비유와 은유가 적절히 가미된 내용으로 시인의 성향을 잘 보여주고 있다. 詩作을 하는 데 있어 가장 기본적인 틀을 이용해 누구나 공감할 수 있는 시가 만들어지고 또 그런 "詩"만이 오랜 시간 독자의 가슴에 남아 명작이 되듯 정연희 시인의 "꿈꾸는 나비"가 많은 독자의 가슴에 남길 바라며 기쁜 마음으로 추천한다.

(사)창작문학예술인협의회 **이사장 김락호**

# 시인의 말

파랗게 수채화를 그리는
청명한 하늘을 보면
설레고 두근거리는 가슴이 너무 행복해
어린아이처럼 순수하고 맑은 눈으로
푸른 생각을 가득 담아 본다.

언제나 따사로운 햇볕 속에서
영롱하게 빛나는 맑은 마음의 영혼을
꿈꾸는 나는
바람이 불고 흐린 날에도
화창한 언어로 행복을 선사하고
노래하는 시인으로 살고 싶다.

분주한 일상에서 우리가 살아가면서
늘 평탄하게만 살아가는 사람은
없을 것이다.
어려움 속에서도 꿈과 희망을 잃지
않고 늘 긍정적인 생각으로 바르게
살아간다면 행복은 항상 우리 곁에
머물러 있다고 생각한다.

한때 나는
건강이 많이 좋지 않아 대 수술을
몇 번 한 적이 있다.
수술실에서 나와 내가 살아 있다는 실감에
너무도 감사했던 그때의 기분을 늘 기억한다.
지금의 나는 항상 명랑하게
하루하루 감사하며, 매일 내가 기쁘게 하여
항상 밝은 미소와 맑은 생각으로
온유하게 사랑하는 삶을 살아간다.

오늘도 나는 좋은 생각으로
행복한 날개에 고운 꿈을 달고
파란 하늘 저 끝까지 힘차게 날아오른다.
상쾌하게 피어나는 나의 서정에
사랑의 향기로 가득 채워
행복으로 이끄는 나의 첫 시집으로
여러분을 초대한다.

시인 정연희

## ■ 1부 꽃의 향연속으로...

## ■ 2부 푸르름을 연주하다

## ■ 3부 낙엽이 흩날리는 만추의 속삭임…

## ■ 4부 겨울 연가



## ■ 5부 너와 내가 행복했으면...

QR 코드

스마트폰으로 QR 코드를 스캔하면
시낭송을 감상할 수 있습니다.

제목 : 봄은 사랑으로
오는 마법
시낭송 : 정연희

제목 : 꿈꾸는 작은 새
시낭송 : 박영애

제목 : 봄엔 나의 마음에
시낭송 : 장화순

제목 : 내 그리움에 날개가 있다면
시낭송 : 정연희

제목 : 고귀한 향나무
시낭송 : 최명자

제목 : 산새들의 연가
시낭송 : 정연희

제목 : 산촌의 해 질 녘
시낭송 : 김선목

제목 : 고향의 푸른 언덕
시낭송 : 박영애

제목 : 여름 향기
시낭송 : 김혜정

제목 : 오솔길
시낭송 : 정연희

제목 : 석양빛 그리움
시낭송 : 박태임

제목 : 가을과의 작별
시낭송 : 김정애

제목 : 오늘 그대가
많이 보고 싶습니다
시낭송 : 정연희

제목 : 가을 뜨락에 서면 좋아라
시낭송 : 정연희

제목 : 당신이 참 좋습니다
시낭송 : 정연희

제목 : 오늘 그대가
왔으면 좋겠습니다
시낭송 : 박순애

제목 : 당신을 사랑합니다
시낭송 : 장선희

시인은 자연을 이야기하고
시낭송가는 자연을 품었다.
글자는 날개를 달아 언어로 날고
소리는 자연에 눕는다.

# 1부

## 꽃의 향연속으로...

사랑해요

봄 향기 닮은 그대 모든 것을...

# 봄은 사랑으로 오는 마법

하늘이 마법처럼 푸르러다
내 마음도 봄꽃처럼 싱그럽게 피어나
작은 가슴 환희로 날아오른다

파란 바탕의 흰 구름은
꿈을 꾸듯 오선을 그리며
초록빛 음표들이 상큼한 봄을
경쾌하게 노래하고 있다

상쾌한 햇살은 눈부시게 빛나고
새콤달콤한 봄 여인
꿀처럼 달콤해진 입술로
파릇한 연둣빛 향기를 마신다

봄은 사랑으로 오는 마법
그대 향한 향기로운 내 마음
나는 봄 소녀처럼 설렘 가득해
그리운 사람에게로 사뿐사뿐 걸어간다

제목 : 봄은 사랑으로 오는 마법
시낭송 : 정연희
스마트폰으로 QR 코드를 스캔하면
시낭송을 감상할 수 있습니다.

# 꿈꾸는 작은 새

봄볕이 좋아 푸르름으로
희망을 약속하는 꿈꾸는 작은 새는
빛나는 날을 부르며 봄 하늘을 자유롭게
날아다닌다

파란 하늘과 하얀 솜사탕 구름이
그림처럼 펼쳐진 맑은 하늘에는 내일에 대한
호기심으로 가득 찬 내 모습이 거기에 있다

내 마음의 풍선을 달아 환희로 다가올
미래를 향해 끝없이 나르는
꿈꾸는 작은 새

푸른 하늘 위에는 언제나 행복을 바라고
꿈을 키우는 내가 보인다
맑은 가슴을 지닌 순수한 소녀의 마음이
그대로 행복을 느끼며 끝없이 유영하고 있다

제목 : 꿈꾸는 작은 새
시낭송 : 박영애
스마트폰으로 QR 코드를 스캔하면
시낭송을 감상할 수 있습니다.

# 봄을 만나러 가는 길

분홍 립스틱
예쁜 치마를 하늘거리며
사랑스러운 모습으로 그대를 만나러 갑니다

수줍은 미소로 그대를 기다려 봅니다
마음은 콩닥콩닥
어떻게 하면 그대가 나를 반겨줄까
나의 온 가슴은 그대 생각으로 가득 찹니다

파릇파릇한 그대 생각에
행복으로 설렙니다
나는 그대에게 영원한 봄이 되고 싶습니다

그대에게 아름답게 빛나는
사랑이 되고 싶습니다

# 봄비

봄이 다가온 소리에
풍선처럼 부풀은 마음이 참을 길 없어
숨기지도 못하고 설렌 떨림은
그냥 터져버렸네

쑥스러운 봄비
발그레한 마음 터지니
온 세상이 초록으로 싱그러워
수줍은 꽃봉오리 청량한 봄비 머금고
활짝 피어나네

# 새봄의 희망가를 부르며

뽀송뽀송 새싹의 향기
새봄의 따사로운 햇살 받으며
봄스런 나의 마음을
하염없이 간지리고 있어요

연한 연둣빛 새봄의 향기
희망을 주시는 그대의 향기처럼
싱그러운 마음으로 물들게 해요

환희의 봄 바람 불어
파릇한 꿈이 다가오는 푸른빛 뜨락으로
사랑하는 그대와 함께
새봄의 희망가를 부르며

오늘도 우리는
아름다운 마음으로
화사한 영혼의 꽃잎을 피우며
함께 걸어가고 있어요

# 봄의 향기

파란 하늘색이
박하사탕처럼 화~ 하게 느껴져
참 예쁘게 투명해진 내 가슴
내 마음이 하얗게 그림을 그리는 봄 하늘

연둣빛 새싹들의 향기
작은 여인의 가슴에
연분홍 설렘을 주고 있네요

두근두근 그대 생각 봄의 향기로 피어나
고귀한 그대 향기 작은 내 가슴에
살포시 안으며

그대 사랑하는 나는
고운 나비가 되어
가만히 그대 곁에만 있고 싶어요

사랑해요
봄 향기 닮은 그대 모든 것을...

# 봄엔 나의 마음에

봄엔 나의 마음에
아름다운 꽃 한 송이를
피워보자

우리의 사랑에도
맑고 깨끗한 바람을 주어
청량함을 띄워보자

초록빛 상쾌한 나의 꿈과 희망
싱그러운 공기와 함께
사랑노래 불러보자

봄엔 나의 마음에
다정한 그대랑 향기로운 꽃향기를
가득 담아보자

제목 : 봄엔 나의 마음에
시낭송 : 장화순
스마트폰으로 QR 코드를 스캔하면
시낭송을 감상할 수 있습니다.

# 그리운 당신을 생각하며

당신이 그리우면
봄꽃처럼 화사한 마음으로
다정하신 당신을 생각하며
그리움에 시심을 꽃피워 봅니다

당신이 못 견디게 보고파 질 땐
꽃향기 바른 고운 입술로
아름다운 플루트의 멜로디에 나의 영혼을 담아
당신의 그리움을 연주합니다

나의 희망 나의 행복
오늘도 그리운 당신을 생각하며
향긋하고 예쁜 언어들로
하얀 여백을 채워봅니다

# 3월의 연가

꽃잎에 꽃 술이 떨리는 것처럼
나의 생각도 꽃 망울 열리 듯
야릇하게 열리는 설렘이 상큼한 바람 같아
난 너무 좋아 이 마음을 어떡하리

연둣빛 연한 새싹들이 달콤한 입맞춤 하며
상쾌한 바람을 유혹하고
청아한 새들의 행복의 찬가는
사랑스러운 마음을 느끼게 한다

새봄에 나는 활짝 피어나서
사랑하는 마음 가득해
참 아름답고 곱다

투명한 나의 마음 담아
환희의 봄 노래
희망의 노래
사랑하는 당신께 모두 드리리다

# 봄은 나를 꿈꾸게 하는 사랑

파란 하늘에서
포근한 햇살이 흩어져 내리고
소곤소곤 봄의 속삭임에
마음이 설레고 환희스럽다

희망으로 가득 찬 나의 꿈은
새봄과 함께 아름다운 나래를 펼치며
가슴 벅차게 날아오른다

상쾌한 바람은 경쾌한 멜로디를 연주하고
행복한 나는 아름다운 봄을 전하는
봄의 여신이 되어본다

봄은 나를 꿈꾸게 하는 사랑
찬란하게 빛나는 나의 꿈이
희망찬 새봄과 함께 힘차게 행진을 한다

# 새봄의 눈꽃 송이

새봄의 좋은 기운이
행운의 눈꽃 송이 되어
온 세상이 새하얀 순백으로
소담스레 쌓입니다

내 마음속의 그대를 닮은
맑고 순결한 그대의 향기
하얀 천사 되어 하늘에서
고귀하게 흩날립니다

수정처럼 빛나는 새하얀 눈꽃 송이
내 마음에 소복소복 쌓이고
그대 향한 희망의 메시지는
하얀 눈꽃 송이 되어 온 세상을
아름답게 장식합니다

# 아름다운 플루트 2중주

상쾌한 마음은 봄의 속삭임을 들으며
파란 하늘을 짜릿하게 날아 오르고
사랑으로 가득 찬 눈동자
아름다운 음표를 읽는다

봄의 교향악이 연둣빛 새싹처럼
파릇한 멜로디를 연주하고
향기로운 나의 입술
그대와 나의 상큼한 사랑을 노래하고 있다

환희에 가득 찬 고운 손가락
황홀한 우리의 마음 교감하며
반짝이는 오선 따라
감미로운 플루트 2중주를 한다

# 사랑옵다

봄의 전령 매화 향기
새콤하게 피어난 산수유 향기
화사하게 물들인 산과 들이
고운 봄을 색칠한다

향기로운 실바람 불어오면
아름다운 꽃잎은 영화처럼 흩날리고
우리는 야릇한 주인공이 되어
행복한 미소로 마주하고 있다

환희에 찬 내 마음
꽃잎의 속삭임을 들으며
나는 새봄의 희망찬 나비가 되어
그대에게 사랑옵다

-하동 평사리에서…

# 수줍은 내 마음

살랑살랑 실려 오는 봄 향기에
수줍은 듯 설렘으로 피어나는 내 마음
감출 수가 없어라

사랑스러운 여인의 향기처럼
달콤한 진달래꽃으로 물들인
분홍빛 사랑이어라

맑은 순수 향으로 피어 올리는
내 사랑이여
첫사랑처럼 설레며 다가가고 싶어라

봄의 향기 사랑스러운 날에
그대와 나 분홍빛 꿈을 안고서
행복을 노래하고 싶어라

# 그대는 잘 계신지요?

봄꽃의 향연이 내 마음을
아름다운 향기로 물들게 하고
잔잔한 바람결에 사뿐히 내려앉는
꽃잎의 속삭임이 감미롭습니다

소담스러운 꽃송이의 미소와
고운 나비들의 고혹적인 자태가
사월의 정원을 향기롭게 그리는
이렇게 고운 봄날을 만끽합니다

그대 덕분에 맑아진 가슴은
초롱초롱한 눈빛으로
파란 하늘을 바라보며
날마다 꿈같은 푸른 나날이 행복합니다

봄꽃은 화사하게 만발한데
그대는 무탈하시게 잘 계신지요?
바쁜 일상에 혹시 나를 잊지 않고
기억하고 계실까요?

길가에 가로수 잎들은
산뜻한 미소로 희망의 찬가를 부르고
저녁노을은 한편의 영화처럼
아름답게 황홀하기만 합니다

봄볕의 상큼한 거리가 푸르게 빛나는 날에
소중한 그대의 소식이 무척 궁금합니다
파란 하늘처럼 희망찬 그대는
지금 잘 계신지요?

# 플루트 위의 속삭임

온통 감성 충만인 파란 하늘
포근한 햇살 아래
내 마음도 하트 하트
경쾌하여 좋아라

그대의 미소와 나의 꿈이 보이는
하얀 구름 사이로
무지갯빛 음표들이 아름다운 포즈를 하며
날아오르고

핑크빛 나의 입술
향긋한 플루트 위의 속삭임이 달보드레
사랑스러운 입김으로
그대를 부르고 있어 좋아라

상큼한 나의 숨결 따라
예쁜 마음의 손가락은
행복한 리듬을 타고 흘러
그대와 함께 판타지아 좋아라

# 봄 새싹처럼

당신의 사랑이
고운 팔베개를 해주시는 싱그러운 봄 햇살
상큼한 봄바람 속에
새롭게 태어난 연둣빛 새싹들의 작은 속삭임

나의 마음도 덩달아
달콤한 가슴을 살며시 열어 보며
분홍빛 설렘 속에 한 송이 꽃잎 되어
고운 햇살 드는 창가에 고귀하게 머물러 있어요

나를 사랑하시는 당신의 사랑 안에
새롭게 피어난 봄 새싹 하나
새봄을 노래하고

기쁜 우리 사랑
싱그러운 봄 새싹 향기처럼
상큼한 미소로 행복을 담고 있어요

# 휘리릭

산들산들 봄바람이 불어온다
하늘이 싱그러운 마법에 걸렸다
내 마음도 하얗게 피어오르는 뭉게구름처럼
끝없이 아름다움을 펼치고 있다

상쾌한 마술에 걸린 야릇함
설렘에 뽕 터질 것 만 같은 기분
무르익은 봄바람이
휘리릭 입맞춤하고 달아 난다

새큼해진 온 마음의 전율
무지갯빛 환희로 달콤해져
황홀한 언어들이 향기로운
나의 속눈썹을 간지리고 있다

# 신록의 향연

신록의 푸르름에
싱그러움이 피어나는 계절
나뭇잎이 아름다운 오월의 정원에
상쾌한 바람이 내린다

파란 하늘을 달리는 하얀 눈웃음이
쪽빛 마음 달보드레
짙어가는 초록의 숲속을 거닐며
맑은 눈동자는 신록의 신선함을 담는다

청아한 새들의 노래는 축제의 라온제나
한줄기 숲속의 바람은 로맨틱해
황홀한 신록의 향연을 유희하며
오월의 뜨락은 꿈처럼 파라다이스

# 유월의 밤꽃 향기

초여름의 은밀한 유혹에
바람이 불어오는 곳으로
향기로운 들길을 걷는다

은은한 밤꽃 향기
야릇함을 뿌려 놓고
뽀얀 속살 뽐내며 춤을 추고 있다

너의 황홀한 하늘거림
뜨거워진 나의 심장
그리고 ··
떨리는 나의 입술

매혹스러운 마술에 취해
나는 너에게
붉은 입맞춤을 한다

# 봄비에 젖은 밤

봄 향기 뿌려 놓은 나의 창가에
고귀한 당신 향기처럼 빗방울 그려져
내 마음 봄비 되어 그대 그리움
하염없이 적시고 있네

당신 그리움이 봄비에 흠뻑 젖어
사무치게 흐르는 밤
아려오는 외로운 영혼
가련한 언어만 어루만지고 있네

# 내 그리움에 날개가 있다면

바람이 향기로운 유혹을 합니다
아카시아 꽃향기 하늘하늘
내 마음도 꽃향기 따라 나풀나풀
달콤한 나비가 되어
당신께만 속삭이고 싶습니다

녹음이 짙은 수풀들이 하늘거리고
작은 꽃잎의 고운 미소가 아름답습니다
마음이 설렙니다
그리고 당신이 그립습니다

언제나 고귀한 당신의 사랑
그리움이 사무쳐오는 날이면
하얀 내 가슴에 당신을 담고도
늘 그리움이 화려하게 꽃을 피웁니다

향기로운 실바람에 나뭇잎이 흔들리고
청아한 새들의 정다운 노래가
환희로 귓가에 속삭여 줄 땐
달보드레한 내 마음 사랑하는 당신께
모두 드리고 싶습니다

내 그리움에 날개가 있다면
고귀한 사랑 당신께 사랑스러운 내 마음 담아
향기롭게 날아가고 싶습니다

제목 : 내 그리움에 날개가 있다면
시낭송 : 정연희
스마트폰으로 QR 코드를 스캔하면
시낭송을 감상할 수 있습니다.

# 고귀한 향나무

신록이 짙어가는
오월의 실바람 사이로
어린 시절 아버지의 향기가 그리움 되어
푸른 하늘가에 꽃처럼 날립니다

유년의 천진난만한 소녀의 가슴에
설렘으로 다가와
어린 가슴을 뛰게 했던 아버지
세상에서 단 하나뿐인 나만의 고귀한 향나무입니다

물빛이랑 산빛이 수려한 지리산 자락에는
아버지의 사랑이 흐르고
향긋한 한약 향기와 먹물 냄새를 간직한
고귀한 향나무는 언제나 마음속에
살아있는 그리움입니다

오월의 향기가 그윽하게 날리면
마음속에 그리던 아버지의
고귀한 향내를 느낄 수 있어
마음이 온화해지고
더없이 행복합니다

제목 : 고귀한 향나무
시낭송 : 최명자
스마트폰으로 QR 코드를 스캔하면
시낭송을 감상할 수 있습니다.

# 2부

# 푸르름을 연주하다

거침없이 다가오는 하얀 몸부림

망망대해 꿈꾸는 나의 희망이

힘차게 일렁인다

# 꽃가람

고운 눈결처럼 맑은 날
마음은 눈부신 푸른빛에 잠겨
오롯한 그리운 색으로 옛살비의
향기로운 그림을 그린다

물비늘 반짝이는 꽃가람
겨르로이 걷노라면
꼬꼬지 어린 날의 향기가
하얀 그리움 되어 바람에 날린다

어린 시절의 꿈이 그대로
윤슬 위에 일렁이고
풋풋한 나뭇잎 소리 여린 풀잎과 함께
아름다운 지난날을 노래한다

다은하게 흐르는 은가람
달보드레 꽃향기와 풀벌레 소리마저
정겨운 꽃가람에서
멀어져 간 나의 지난날을 꽃 피운다

* 꽃가람 / 꽃이 있는 강 * 오롯한 / 모자람이 없이 온전한 * 옛살비 / 고향
* 물비늘 / 잔잔한 물결이 햇살 따위에 비치는 모양 * 겨르로이 / 한가로이
* 꼬꼬지 / 아주 오랜 날 * 윤슬 / 햇빛이나 달빛에 비치어 반짝이는 잔물결
* 다은 / 따사롭고 은은하다 * 은가람 / 은은히 흐르는 강
* 달보드레 / 달달하고 부드럽다

# 싱그러운 위무

초록빛 한 웅큼 살랑
꿈처럼 산뜻하게 스미어
고운 내 머리카락에 살며시 곶아 보네

싱그러운 너의 향기 속에 빠진
한없이 설레는 나의 눈빛
큐피드 화살이 맑은 영혼을 명중하고

너와 나는 영롱한 영혼 속에
신선한 초록 향기로 피어올라
푸르른 바람과 들풀이 되어
낙원의 초원을 이루네

# 내 이름은 연꽃

새봄의 파릇한 새싹이
희망의 기지개를 켜는 환희의 삼월
연꽃처럼 사는 사람이 되라는 이름으로
아름다운 삶의 여정이 펼쳐진다

푸른 들판이 있는 세상의 무대 위에
순결하고 고결한 화련을 심으며
끝없이 맑은 꿈을 꾸고
활짝 핀 연꽃처럼 그윽한 향기를 뿜는
고운 색으로 살아간다

비가 오는 날에는 그 비를 흠뻑 맞으며
맑고 청정한 잎을 피우고
비가 개고 청량한 날에는 활짝 핀 연꽃으로
향기로운 인생을 그리며

아름다운 삶의 여정 위에
언제나 나는
한 송이 연꽃처럼
맑고 고결한 향기를 담고 있는
유연한 사람으로 기억되는 여인이 되고 싶다

## 싱그런 숲속의 요정처럼

하늘은 푸르고
바람은 잔잔하게
봄꽃향기가 은은하여
나의 마음을 하염없이 간지럽히네

싱그런 숲속의 요정처럼
나는 오늘도 산뜻한 초록의 향기로 피어나
청량한 산소를 선사하는
행복의 여신이 되고 싶어라

# 또르르

초록 빗물에 흠뻑 젖어
나뭇잎에 또르르 앉은
푸르른 빗방울

청량한 바람결에
또르르 싱그러운 향기로 날아
이슬처럼 신선한 멜로디가 되어 흐흐네

상쾌해진 나의 눈빛 너를 곱게 담으면
환희의 음표들은 또르르
너와 나의 즉흥 환상곡을 연주하네

# 내 마음은 기차를 타고

푸르름이 꽃보다 더 아름답다
초록 향기 따라 흰 구름 사이로 흐르는
눈웃음이 쌩긋해

맑은 마음은 신기루처럼
순수한 멜로디 위를 여행하듯
서곡을 연주하며

풀잎처럼 산뜻한 서정의 눈빛은
들꽃으로 장식한 간이역을 머무르며
겨르로이 꽃 잠자는 단미

해맑은 언어들은 초록 사랑을 나누며
내 마음은 기차를 타고
아름다운 풍경을 담는다

# 산새들의 연가

풀잎 향기 가득한 숲속의 바람
청초한 이슬을 머금고
맑은 피아노 음률처럼 풋풋하게 흐른다

초록의 나뭇잎 사이로
반짝이는 햇살이 영롱해
투명한 눈동자는 새하얀 꿈을 꾸며
진주처럼 빛난다

싱그럽게 물든 나뭇가지 사이사이
곱게 앉은 산새들의 다정한 표정
청아하게 울려 퍼지는
사랑의 화음이 달콤해

행복으로 흐르는 깊은 숲속엔
산새들의 서정적인 멜로디가
하늘 높이 아름다운 흰 구름을 타고
나의 마음을 감성적이게 한다

산새들의 행복스러운 연가

사랑으로 가득 찬 푸르른 잎새와

애교스러운 들꽃들이

망울망울 사랑을 노래하고 있다

제목 : 산새들의 연가
시낭송 : 정연희
스마트폰으로 QR 코드를 스캔하면
시낭송을 감상할 수 있습니다.

# 느티나무와 초록 마음

여름이 다가온 짙어가는 향기 속에
행복한 나는 초록의 여신이 된 듯
한줄기 초원의 바람이 되어
푸른 느티나무 아래 싱그럽게 머무른다

양팔을 힘차게 펼치고 있는
안락한 너의 모습 안에
너와 나의 희망스러운 이야기는 흐르고
파란 하늘 마법의 구름 사이로
새털처럼 가벼운 가슴이 되어
환희로 유영하고 있다

휴식 같은 느티나무 그늘 아래
나는 지금 너무 향긋해
겨르로이 앉은 산뜻한 생각
오렌지빛 상큼으로 가득 채워
저 산 너머에도 행복을 전하고 싶다

# 아침의 태양

지난밤에 멈춰있던 해윰을 깨우는 듯
저 깊은 곳에서부터
영롱하게 반짝이며 나를 바라본다

찬란한 너의 눈부심에
끝없이 차오르는 열망
뜨거운 열정은 높이 하늘을 오른다

맑은 가슴이 뛰고 있다
설레는 마음은 무지갯빛 희망으로
반짝인다

찬란하게 빛나는 아침의 태양
아름다운 내일을 약속하며
푸른 정열을 전하고 있다

# 나뭇잎 사이로

살랑살랑 실바람이 불어와
초록빛 싱그러운 거리
영롱한 햇살은 나뭇잎 사이로 반짝이고

명랑한 내 마음은
파란 하늘에 펼쳐지는
뭉게구름처럼 마술을 부린다

산뜻한 나뭇잎 사이로 하늘하늘
내 마음 경쾌하게 춤을 추면
한줄기 상쾌한 바람은
향긋한 내 속눈썹을 유혹하고 있다

나뭇잎 사이로 바람이 분다
초록빛 나뭇잎 사이로 나는 그만
설렌 마음을 감출 수 없다

# 푸르고 맑은 마음

짙푸른 신록의 향기가
희망을 노래하며 상쾌하게 안겨온다
유리알처럼 맑게 구르는
청아한 새들의 화모니
행복의 나래를 펼치며 다가와
푸르른 가로수 잎들은 해맑은 미소를 짓는다

실려오는 바람결에
담장의 붉은 장미꽃들이
매혹의 자태를 뽐내며 그윽한 향기로 물들이고
맑고 푸른 사랑으로 가득 찬 나는
찬란한 아침의 태양처럼
희망차게 빛나고 있다

# 별과 함께 유희를

하늘엔 별들이 흩어져 내리고
푸른 어둠은 약속이라도 한 듯
아름다운 별빛 속을 산책한다

별빛 향기 무르익은 하늘 정원엔
너와 나의 야릇한 설렘이 황홀해
몽환적 흐르는 눈동자는
별빛의 향취에 젖어든다

오늘 밤 나는
가장 매혹적이게 빛나는 별과 함께
그윽한 유희를 하며
그대의 가슴에서 별처럼 빛나는
맑고 고운 새가 되어 잠이 든다

# 백합 같은 내 마음

밤마다 별을 안고
푸르게 빛나는 달빛을 바라보면
별꽃처럼 피어나는 내 마음

맑은 호수 같은 감성
한 편의 서정시에 곱게 담으면
백합 같은 내 마음 순결하게 피어나네

청순하게 흐르는 달빛 사이로
화사하게 빛나는 사랑스러운 나의 언어들
백합같이 고귀하게 반짝이네

# 이미

유월에 흩날리는 은은한 고백
거짓을 참으로 뒤집어쓰고
저기 여기 여러 나비의 날갯죽지에 꽃씨의 꿈을 바르며
변명할 여지를 찾고 있는 바람

수수께끼 같은 보따리 허공 속을 헤매다가
이미 풀려버린 너의 진실
바라보기 멀쓱한 약속들이 바람 속에
숨바꼭질을 한다

# 산촌의 해 질 녘

붉게 타 내리는 석양빛이
산등성이를 살포시 안아 누울 때면
멀리서 들려오는 노을빛 노래가
달밤을 준비하며 설레게 한다

저 건너 산촌에는
행복을 담은 저녁연기가
하얀 꽃으로 몽글몽글 피어나
밤 안갯속으로 흩어져 내린다

노을 진 산들바람이
다정스레 내려앉는 저녁 무렵
낙원의 밤 축제를 밝히는
풀잎들의 연가가 수줍다

풀벌레들의 하모니가 아름다운
산촌의 해 질 녘은
노을빛 고운 풍경을 덧칠하여
달빛 속으로 고귀한 밤을 부르며
행복을 머물게 한다

제목 : 산촌의 해 질 녘
시낭송 : 김선목
스마트폰으로 QR 코드를 스캔하면
시낭송을 감상할 수 있습니다.

# 하얀 호기심

청량한 하루에

박꽃 같은 하얀 호기심

고운 설렘으로 가득 실으니

너와 나의 고귀한 꿈의 향기

맑은 수정처럼 아름다워

파란 마음의 정원엔

마법 같은 무지개가 펼쳐졌네

# 칠월의 사랑

청포도 익어가는 계절
칠월에는

내 가슴속 알알이 맺힌
그리움 한 송이 푸르게 푸르게 익어간다

탐스러운 그리움 톡 톡 터져
무더운 여름날
상쾌한 향기로 물들인 칠월의 사랑

그리움 송이송이 우리의 다솜
푸른 빛으로 소담스레 영글어 간다

# 환희의 날개

파란 하늘을 품은 쪽빛 바다
하얀 파도가 밀려가고
잔잔한 윤슬로 곱게 단장을 한다

반짝이는 금빛 모래 위
설렘을 풀어 놓은 작은 새 한 마리
수평선 저 멀리 그대 있는 곳까지
꿈을 꾸듯 자유롭게 날아올라

밀려오는 파도 소리에
물빛 가슴을 포롱이며
파랗게 흐르는 맑은 꿈을 따라
환희의 날개는 오로라처럼 빛난다

# 들길 따라 걸으면

푸르름이 물들은 들길을 따라 걷노라면
내 마음 어느새 한 송이 맑은 들꽃이 되어
여름향기를 타고 청량하게 흐른다

해 맑은 들길에서 만난 강아지풀들
뽀송뽀송한 솜털을 뽐내며
꼬리를 살랑살랑 흔들고 있다

풀꽃향기 날리는 수풀 사이로
풀벌레들의 사랑 노래가 달보드레
나의 마음도 함께 환상의 짝꿍이 되어 본다

수풀들이 하늘거리는
해 맑은 들길을 따라 걸으면
나는 한줄기 상쾌한 바람이 되어
산들바람처럼 싱그러운 향기로 물든다

# 음악 정원

한낮의 여름 노래와
수박 향기 실은 싱싱 바람이 불어오니
가벼운 맘은 더없이 행복하여라

마음에 흐르는 맑은 하늘 빛깔 속으로
출렁이는 파란 꿈을 안고
더 높이 날고 싶어 좋아라

무지갯빛 멜로디가 날리는 음악 정원으로
여유를 풀어 놓은 아름다운 음악을 들으면‥
사랑스러운 맘은 마법처럼
고운 사랑을 하고 싶어라

# 통통 튀는 빗방울

빗방울 통통 튀는 소리에
그대 오시는 듯하여
살며시 귀 기울여 봅니다

쏟아지는 빗줄기 따라
유연하게 스며드는 고운 생각
그대 향한 우산을 활짝 펼칩니다

창가에 흐르는
그대 사랑하는 마음처럼
하얀 수즙음으로 내립니다

통통 튀는 빗방울 소리
희망이 차오르는 울림의 멜로디
우리 사랑 나란히 어깨를 흔들며
힘차게 행진합니다

# 고향의 푸른 언덕

신록이 짙어지는 계절이 오면
맑아진 가슴은 초록의 숲길 되어
어린 날의 소녀가 된 듯 걸어가고 있다

산새 소리 물소리 맑은 지리산 자락에서
친구들과 함께 우정을 꽃 피우고
꿈의 날개를 펼치며 뛰어놀던 푸른 언덕

산들바람이 불어오고
플라타너스 잎이 하늘거리면
우리들의 맑은 웃음소리와
상큼한 이야기가 들려온다

지금은 멀어져간 옛 추억이지만
초록 향기가 싱그러운
내 고향 푸른 언덕에는
어린 시절의 순수한 꿈이 그대로
살아있는 듯하여 마음을 포근하게 한다

제목 : 고향의 푸른 언덕
시낭송 : 박영애
스마트폰으로 QR 코드를 스캔하면
시낭송을 감상할 수 있습니다.

# 청량한 바람이 되고 싶다

해가 지는 풍경을
고운 눈빛으로 안으며
저녁 실바람에 그리움이 돋아나는 너를 생각하며
저녁 가로수 길을 걷고 있다

바람에 실려오는 여름향기
너를 닮은 산뜻한 향기에
내 마음 푸른 나뭇잎처럼 하늘거리고 있다

해가 지는 푸르른 길에서
고운 빛으로 머물고 싶은 내 마음
한줄기 청량한 바람이 되고 싶다

# 내 사랑 플라타너스

한여름의 타오르는 태양이
목마른 나의 입술을 유혹하고
한줄기 바람이 되고 싶은 타는 가슴은
너를 향해 간절한 눈빛이어라

초록으로 풍만한 너의 가슴
산뜻한 산소로 가득 찬 넓은 어깨
그리고 ‥
나를 편안하게 어루만져 주는
널따란 손바닥

한여름날 휴식 같은 너의 가슴에
온종일 달콤한 꿈만 꾸며
너의 곁에 있고 싶은 내 마음

나는 언제까지나 너에게 기대고 싶은
사랑스러운 소녀가 되고 싶어라

# 당신 생각

꽃이 지고 바람이 부니
당신이 먼저 생각납니다

꽃이 피었던 자리에
행여 당신의 마음이
바람 속으로 흩어지지는 않겠지요

초록의 나뭇잎이 바람에 흔들릴 때
나는 당신의 향기가 그리워
못내 여린 가슴 다독입니다

오늘도 바람은 향기롭습니다
하얀 그리움을 활짝 피워 주실
당신 생각합니다

# 정동진의 파도

에메랄드빛 깊은 눈동자
화려한 너의 고백이 들려온다
하얀 파도가 밀려 왔다 밀려간다
솔밭 사이로 향긋한 바람이
나를 향해 황홀하다

거침없이 다가오는 하얀 몸부림
망망대해 꿈꾸는 나의 희망이
힘차게 일렁인다

저기 수평선 너머로 나의 미소가 보인다
솔향기 가득한 넓은 너의 가슴이 다가온다
너울 너울 하얀 꿈이 춤을 춘다

화려한 너의 고백
황홀한 파도의 춤사위
신비한 에메랄드빛 너의 눈동자
모든 것들이 행복을 노래한다

## 빗방울과 여울진다

비가 내리면 이 거리에
그리움으로 남은 이름 하나
빗물처럼 눈물처럼 그대가 흘러
조용히 내 가슴에 밀려온다

외로운 가슴에 달콤한 단비로
적셔 주었다가
파도처럼 부서진 우리의 이야기

비가 내리는 이 거리에
그대와의 추억이 빗물 되어 흐르고
아련히 떠오른 이름 하나
빗방울과 여울진다

# 수선사의 연꽃 도량

수려한 지리산 자락의 산길을
굽이굽이 돌아
목탁의 울림이 청아한 쪽으로
마음을 열어 길게 호흡한다

하얀 연꽃 향기가 나의 가슴에
살포시 안기며
청정한 마음으로 읊조리게 한다

고요한 산사의 향불은 곱게 타오르고
한없이 자비로운 흐름에
하얗게 읊조리는 내 영혼!
무량 청정한 연꽃 도량과 함께
맑고 그윽한 마음의 향기를 피워 올린다

자비와 맑음이 흐르는
수선사의 무량 청정 연꽃 도량에서
가냘픈 내 영혼은
청아한 목탁의 울림으로
하얀 연꽃이 되어 향기롭게 피어난다

# 지난여름 바닷가

뜨거운 태양이 정열을 부르고
파도 소리가 가슴을 적시는
지난여름 바닷가

하얀 파도가 부서지는
시원한 솔바람 사이로
향기롭던 우리의 속삭임 물결처럼 일렁인다

바람에 흩어져 버린 우리의 지난날
그리워 다시 찾은 바다에는
정다운 우리의 이야기가 파도에 실려
가슴을 뛰게 한다

# 아침의 표정

시원한 물빛 커튼을 열면
아침 햇살이 상큼하게 반짝이는
싱그러운 여름날의 아침

파란 하늘에 맑은 미소 가득한
아침의 창가에
청명한 마음을 담은 오늘을
기쁨으로 맞이합니다

작은 가슴 설렘으로 열어 놓은
아침의 공간
아름다운 피아노 협주곡으로
사랑의 앞치마를 두르고
맛깔스러운 아침을 만듭니다

맑고 청아한 새들의 합창과
푸르른 나뭇잎의 행복한 이야기가
희망으로 흐르는 이 아침을 나는 사랑합니다

# 여름 향기

초록이 짙은 실바람에
수목의 싱그러움이 물결치고
푸르른 잎새에 신선함이 향기롭다

아침 햇살은 나뭇잎 사이로
영롱하게 반짝이고
풀잎에 맺힌 이슬방울 고운 미소로
나를 반겨준다

너의 청초한 모습에 처음 느껴보는 환희
풍선처럼 부푼 설렘
맑은 가슴은 어린 날의 소녀가 된 듯
파란 하늘에 흰 구름 되어 두둥실 흐른다

산들산들 푸르른 바람
하늘거리는 수풀들의 노래가 향기롭고
싱그러운 초록의 여름 향기
내 마음 푸른 숲 되어 달콤한 휴식을 한다

제목 : 여름 향기
시낭송 : 김혜정
스마트폰으로 QR 코드를 스캔하면
시낭송을 감상할 수 있습니다.

# ■ 3부

# 낙엽이 흩날리는 만추의 속삭임...

사색의 문을 열고 들어와

단풍의 고운 향기와 속삭이듯

당신을 만나고

# 오솔길

바람이 향기롭다
맑은 마음에 꽃이 핀다
네가 보고 싶다
소담스러운 오솔길 따라 걸으면
솔솔 피어나는 풀꽃 향기가 정겹다

노랑 꽃, 빨강 꽃, 파랑 꽃,
고운 색으로 아름다운 주단을 깔아 놓은
낙원의 숲길
청아하게 들려오는 새들의 노래가 감미롭다

너의 손을 잡고 지난 추억을 노래하며
푸른 마음으로 다정히 걷고 싶은
너와 나의 오솔길…

향기로운 숲속의 바람이 참 좋다
너에게 띄울 풀잎 연서를 적어 본다
사랑으로 가득 찬 오솔길엔
너와 나의 아름다운 멜로디가 되어
환상의 나래를 펼친다

제목 : 오솔길
시낭송 : 정연희
스마트폰으로 QR 코드를 스캔하면
시낭송을 감상할 수 있습니다.

# 소슬바람

그윽한 커피 향이 고운 아침
창문을 열면
커튼 사이로 불어오는 소슬바람에
가을 향기가 쏟아져 내리고

애틋한 그리움으로
다정히 가슴을 적시고 싶은 사람이
생각납니다

쪽빛 담은 고운 햇살에
잔잔히 실어 나르는 풀꽃 향기가 상쾌해
가을 아침처럼 맑은 그대 생각
보랏빛 향기 되어 환희로 물들이면

어느새 나는 살며시
가을을 노래하는 향기로운 소녀가 되어
설레는 마음만 가득합니다

# 가을 햇살 아래

나뭇잎 사이로 고고하게 스며드는
가을 향기
소슬바람이 불어오면 묘한 마음은
갈 빛으로 깊게 색칠을 한다

가을이 영그는 토실한 햇살 아래
헛헛한 마음을 던지고
맑은 영혼이 황홀한 끌림으로 다가오는
그곳으로 나는 하염없이 걸어가고 있다

청명한 바람이 부는 가을 향 뜨락에 서면
살며시 부풀어 오르는 그대 그리움
한 송이 들국화 향기로 곱게 피어나는
그윽한 생각으로 차오른다

정렴한 마음은 성숙의 갈 빛 영혼이 되어
그대와 나는 황금빛 사랑으로
행복을 가득 담는다

# 가을 여자

감성을 울리는 고독한 음악이 좋아진다
서늘한 바람 향이 서글픔으로 다가온다
짧았던 머리를 길러보고
갈색의 카디건으로 쓸쓸함을 단장한다

함초롬한 모습은
흐노니 가을의 여인이 되어
무작정 거리를 나선다

가을을 향해 걸어가고 있는 나는
그리움이 다가온 애틋한 가슴을 어루만지며
갈색빛에 물들어가는 가을 여자

가을은
못 견디게 그리움의 계절인가 보다

그리움은 모두 시가 되어 흐르고
아스라이 멀어져 간 옛 향기 보듬으며
가을의 여자는 쓸쓸한 마음을 가을 향기에 담는다

# 가을의 찬가

파란색 물감이 금방이라도
뚝뚝 떨어질 것만 같은
청명한 하늘 아래
하늘거리는 코스모스의 속삭임이
수줍은 듯 가을을 입맞춤하고 있다

갈 빛이 쾌청하게 일렁이는
메밀꽃 사이로 흐르는 맑은 전율은
고귀한 그대의 향기처럼 번지고
풍요한 햇살에 우리의 마음도 곱게 익어
그대와 나의 꿈이 가을의 찬가로 아름답다

# 국화꽃

너의 그리움이
꽃처럼 활짝 피어나는 날
노오란 국화꽃 앞에 서본다

아름다운 가을을 머금고 있는
그윽한 너의 미소
아침 햇살처럼 나를 반겨 준다

설레는 나의 마음 고운 나비가 되어
그윽한 너의 향기 속으로
살며시 안기고 있다

# 석양빛 그리움

석양빛 곱게 물들이는
해가 지는 창가에 기대어 서면
한 줌의 그리움이 빈 여백을 채운다

붉게 타오르는 노을 속으로
하얀 내 가슴은 하염없이 흐르고
밤을 시작하는 깊은 눈동자엔
그대의 얼굴이 별빛처럼 반짝인다

멀리서 들려오는 애틋한 바람 소리
그대의 그리운 향기인 듯
내 머리카락을 어루만진다

가을이 오는 소리인가
몽환적 들려오는 갈색의 향연 속에
그대의 발걸음 소리처럼
멀리서 가깝게 느껴지는 석양빛 그리움

정숙한 마음 그대를 반기려
혜윰의 발걸음은
석양빛을 향하여 흐른다

제목 : 석양빛 그리움
시낭송 : 박태임
스마트폰으로 QR 코드를 스캔하면
시낭송을 감상할 수 있습니다.

# 시월에 꿈꾸는 사랑

단풍잎이 흩날리는
조금은 쓸쓸해지는 날
꿈꾸고 싶은 맑은 그대와 함께
낙엽이 지는 소리 듣고 싶습니다

곱게 물든 나뭇잎 사이로
만추의 향기 그윽하게 안겨 올 때
음악처럼 감미로운 당신의 숨결 들리는 듯
고운 당신의 사랑 기다립니다

온 세상이 아름답게 그려지는
수채화 같은 시월에는
먼 훗날 당신이 그리워질 날
고운 색으로 물들이고 싶습니다

한잎 두잎 낙엽이 떨어져
깊은 가을을 노래하는 시월에는
맑은 영혼의 소리 들으며
시인의 가슴을 울리고 싶습니다

# 보랏빛 향연

파란 하늘과 가을 햇살
청명한 가을바람이 마음을 흔들어 깨우는
보랏빛 향연이 신비롭다

동화 속 환상의 주인공처럼
마술을 부리는 꽃송이들의 향기가
꿈처럼 날린다

곱게 피어난 송이송이마다
송송 피어나는 생각
보랗게 스며드는 황홀한 언어들이
아름다운 꽃밭을 거닐며 행복에 젖는다

# 그대 생각하면 수줍어집니다

곱게 물드는 나뭇잎 사이로
가을 햇살은 맑게 빛나고
국화 향기 그윽하게 향기로운 날이면
나는 그대 생각에 수줍은 마음입니다

아름다운 음악이 흐르는
낙엽이 쌓인 거리를 걸으며
내 마음 살며시 그대에게
수줍은 마음 전하고 싶습니다

쾌청한 가을 하늘처럼
맑음으로 다가오는 그대 생각
들꽃처럼 순수 향으로 피어올라
내 가슴 설렘으로 채워주는 그대입니다

사랑스러운 마음은
아름다운 가을을 물들이는
향기 고운 날이 되고
나는 그대 생각에 수줍은 마음입니다

# 가을은 눈물인가봐

가을은
가만히 있어도 눈물이 납니다

그대 사랑
끝없이 펼쳐져도
그냥 이유 없이 눈물이 납니다

매일 그대와
고운 사랑 다정해도
그냥 눈물이 납니다

가을 색이 아름다워
가을을 바라보다
너무 행복해 눈물이 납니다

어떡하죠…
나는 지금
가을 사랑에 퐁당 빠졌습니다

# 애절한 그리움

오늘 밤도
너를 그리다
별빛은 사라진다

잔잔한 내 가슴에
슬픔이 밀려온다
하염없는 어둠 속으로

못다 한 내 그리움에
쓸쓸히 떨어지는
꽃잎을 보았다

오늘 밤은 밤이 깊도록
내 애절한 그리움에
입맞춤 해본다

# 가을 님에게

처음으로 그대에게
붉은 가슴을 열어 보이고
하얀 가슴이 나비가 되어
그리워하다 맴돌다가 그만 마음이 아파져
여린 가슴을 애무합니다

바람이 스산한 날
우리의 애틋한 사랑이 사무쳐 오면
주저 없이 가을의 영혼이 되어
갈 빛으로 물들었으면 좋겠습니다

우리의 모든 삶을 사랑하고
그대와 내가 하나가 되어
가을 하늘처럼 희망차고
청명한 사랑이 되었으면 좋겠습니다

은은하게 타오르는
그윽한 가슴이 하나가 되어
잔잔한 불꽃처럼 오랫동안
식지 않는 사랑이 되고 싶습니다

내 사랑 가을 님

언제나 내 마음을 설레게 하고

따뜻하게 어루만져 주시는

고귀한 당신을 사랑합니다

# 가을과의 작별

사색의 문을 열고 들어와
단풍의 고운 향기와 속삭이듯
당신을 만나고

곱게 물든 만추의 감미로움에
마법에 빠진 듯 환희에 몸을 떨며

내 작은 가슴 뒤흔든
그림책 같은 단풍 이야기 남기고
정녕 아쉬움으로 가셔야 하나요?

마음의 파도를 타고
묘한 감성 담아 보았는데
깊은 슬픔으로 이별을 고하시나요?

낙엽이 흩날리는 만추의 속삭임과
한 편의 나의 서정시에
황홀한 이야기만 남기고
진정 작별을 해야 하나요?

가을님!
당신이 주신 아름다운 가을 이야기는
먼 훗날 메마른 나의 마음을 타고 흐르는
한편의 아름다운 시가 될 거예요

긴 기다림의 설렘으로 다시 또 만나요
그럼 안녕

제목 : 가을과의 작별
시낭송 : 김정애
스마트폰으로 QR 코드를 스캔하면
시낭송을 감상할 수 있습니다.

# 오늘 그대가 많이 보고 싶습니다

하늘이 너무 맑아서
눈물이 나는 날에는 그냥
가슴에 그리운 한 사람 떠올리며
그대의 고운 입가에 피어오르는
미소를 곱게 그려봅니다

투명한 맑은 하늘에
보고 싶은 그대 얼굴
맑은 눈동자까지
맘껏 그려 볼 수 있어
설렘과 행복으로 가득 찹니다

맑아진 가슴으로
그대 이름 다정히 부르며
보고 싶고 그리운 그대 얼굴
저 넓은 하늘에 곱게 채우면

어느새 보고 싶은 그대는
내 작은 가슴 어루만지며
깊은 내 마음을 포옹하고 있습니다
오늘 그대가 밉도록 많이 보고 싶습니다

제목 : 오늘 그대가 많이 보고 싶습니다
시낭송 : 정연희
스마트폰으로 QR 코드를 스캔하면 시낭송을 감상할 수 있습니다.

# 행복한 그리움

오늘도 그대가 안겨주는
가슴 뛰는 그리움으로
나의 설렘은 행복한 마음을 채웁니다

사랑하는 그대도
나 때문에 행복하고
가슴 뛰는 하루가 되었으면 좋겠습니다

언제나 밝은 에너지로
행복을 선사하는 그대가 있어
오늘도 나는 참 많이 행복한 마음입니다

늘 그리운 그대에게
고맙다는 인사를 전하고 싶습니다

오늘도 그대를 가슴 뛰게
많이 그리워합니다

# 만추의 향기

온 세상이 만추의 향기로 가득해
하얀 나의 마음이 붉은 생각으로
황홀하게 물들고 있다

너와 나의 수줍던 사랑은
붉은 향기로 짙게 물들어
만추의 속삭임은 아름답게 익어간다

마음의 빗장을 열고 들어오는
빠알간 너의 입맞춤
단풍잎처럼 타오르고

곱게 물든 나뭇잎 사이로
너와 나의 속삭임이
만추의 향기 속으로 붉게 물든다

# 그대를 초대합니다

깊어진 갈색빛 향연 속에
사색의 하루가 저물어 가고
밤의 고혹이 우리를 기다리고 있습니다

네온이 하나둘씩 켜지면
호젓하고 외로워진 그대를 위해
별들의 미소가 가득한 정원으로 그대를 초대합니다

어둠이 내린 밤의 뜨락에는
꿈의 꽃잎들이 하루의 고단함을 어루만지며
아름드리 그대를 반겨줄 것입니다

별빛이 아름답게 빛나는 오늘 밤
붉은 와인처럼 우아한 사랑을 꿈꾸며
사랑의 기쁨과 우리의 앞날을 위해
축배를 들고 싶습니다

# 낙엽 위의 그리움

쌀쌀한 바람이 분다
초겨울의 문턱에서 가을은 깊었다

날리는 낙엽 못내 아쉬워 몸부림치며
그리움은 낙엽 위에 살포시 앉는다

감성적 떨림 이슬처럼 젖어들어
쓸쓸한 낙엽 위의 연가

온몸을 휘감는 깊은 사유의 찬 바람은
낙엽처럼 흩날리며 그리움으로 나를 초대한다

# 늦가을의 향기

가랑잎 한잎 두잎
쓸쓸한 거리에 지고
너와 나의 그리운 마음
낙엽처럼 곱게 쌓인다

조용히 밀려오는
늦가을의 깊은 향기
포근한 너의 숨결 들려오는 듯
감미로운 감성으로 흐른다

늦가을의 깊은 향기는
애틋하고도 설레는 마음을 가져와
하얀 겨울 사랑을 꿈꾸는
고귀한 순백의 꽃으로 피어나게 한다

# 가을 뜨락에 서면 좋아라

가을 햇살 맑게 빛나는
풍요로운 가을 뜨락에 서면
내 마음 꽃구름 되어 아름다워 좋아라

가을 향기 품은 내 모습
청량한 마음과 눈빛으로
마냥 단미로워 좋아라

돌 틈 사이 조용히 피어난
소담스러운 들국화의 속삭임
소곤소곤 설렘이어 좋아라

청명한 가을바람의 미소
온 가슴으로 안고 가을 뜨락에 서면
환희로운 내 마음 사랑스러워 좋아라

제목 : 가을 뜨락에 서면 좋아라
시낭송 : 정연희
스마트폰으로 QR 코드를 스캔하면
시낭송을 감상할 수 있습니다.

하얀 겨울의 뜨락에

여린 내 마음은 길을 잃어

숨소리마저 끝없이 방황하고 있다

# 11월에 꿈꾸는 사랑

하얀 겨울 사랑이 시작되는
11월에는

가을날 그대를 위해
서정을 품었던 마음이
한 송이 아름다운 꽃으로 피어나는
고귀한 사랑이 되었으면 좋겠다

언제나 내 마음 깊은 곳에 살고 계신
그리운 그대와 함께
잔잔히 흐르는 음악처럼
감미로운 사랑으로 흐르면 좋겠다

그대를 생각하면 설레던 사랑이
기쁨으로 가득 차
푸른 하늘처럼 언제나 희망차고
서로를 따뜻하게 안아주는 사랑이 되었으면 좋겠다

하얀 겨울이 시작되는

11월에 꿈꾸는 나의 사랑은

기쁨이 행복으로 가득 차는

따뜻한 겨울 사랑이 되었으면 좋겠다

# 첫눈

첫눈이 내린다
설렌 마음은 하얀 눈꽃 송이처럼
순백의 꽃을 피우고 있다

첫눈 송이송이마다
두근거리는 마음 안고
달콤한 그리움도 소담스레 쌓인다

첫눈 내리는 오늘은
그대랑 황홀한 눈빛 마주 보며
하얀 눈꽃 사랑 곱게 피웠으면 좋겠다

## 그대 나에게

가슴이 외로워 적셔버린 날
마음은 어디론가
하염없이 방황을 하고

깊어진 눈동자엔
그대의 그리움이 아프게 다가올 때면
그대 아무 말 없이 내 마음 꼬옥 안아 주세요

마음에 바람이 걷잡을 수 없이 불어오면
애틋한 나의 가슴이
바람에 흩어지지 않게 꼬옥 잡아 주세요

그대 생각이 하얗게 밀려올 때
그대 나에게 따뜻한 목소리로
사랑한다 말해 주세요

## 겨울 창가에

겨울의 모습이 뽀얀 유리창에
살포시 앉으면
손가락으로 당신의 이름을
다정히 썼다 지웠다 하트를 그린다

내 마음의 꿈을 그리는 당신의 미소는
차가운 겨울 공기를 타고 날아와
향기롭게 따뜻한 숨결 느낄 수 있도록
마음을 촉촉하게 물들이고

겨울 사랑이 따스하게 머무는 나의 창가에
곱게 여미어진 당신과 나의 맑은 마음
한 편의 시처럼 아름답게 흐른다

# 겨울 뜨락에

그대의 생각에 갇혀 버린 날
가눌 수 없는 마음은
빈 허공 속을 헤매다가
마침내 줄다리기를 시작하고

하얀 겨울의 뜨락에
여린 내 마음은 길을 잃어
숨소리마저 끝없이 방황하고 있다

흩어지려는 맑은 영혼 살포시 끌어안으며
홀로 긴 상념과 사랑을 나누고
몸부림치다 깊은 사무침에 잠긴다

# 겨울 바다에서

나의 서정이 붉은 노을을 품고
황홀하게 피어나는
아름다운 겨울 바다

하얀 파도가 밀려갔다 밀려오고
고귀한 당신의 숨결 들려오는 듯
감미롭게 교감하며

일렁이는 파도 소리
당신의 고운 목소리처럼 다가와
하얀 그리움이 가슴을 적신다

# 그녀

풀잎에 맺힌
영롱한 이슬처럼
맑고 고운 그녀

수줍은 미소 살짝 터치하면
바람결에 사뿐히
날아갈 것 같은 핑크빛 표정

함초롬한 그녀는
언제나 나의 행복
고운 내 사랑

# 당신이 참 좋습니다

어둠이 내리기 시작하면
그리움도 짙게 물들어
어디론가 하염없이 방황하는 마음이
당신 안에 머무릅니다

하얀 가슴이 장미꽃으로 피어나는
정열의 환희
밤하늘을 매혹스럽게 물들이고
고귀한 당신의 그리움은
영롱하게 빛나는 별처럼 반짝입니다

향기로운 당신의 미소
온화한 달빛처럼 사랑으로 가득 차
언제나 설렘과 희망으로 차오르게 하는
당신이 참 좋습니다.

제목 : 당신이 참 좋습니다
시낭송 : 정연희
스마트폰으로 QR 코드를 스캔하면
시낭송을 감상할 수 있습니다.

■ 5부

# 너와 내가 행복했으면...

눈부심이 좋은 날에는

너와 나의 마음속에도

찬란하게 빛나는 흐름이 있어 좋다

# 오늘 그대가 왔으면 좋겠습니다

바람이 잔잔하게
그리운 향기를 전하는 날
그대 고운 눈웃음으로
오늘 그대가 왔으면 좋겠습니다

하얀 그리움이
해맑게 피어오르는 오늘
내 가슴 꽃구름 되어
달보드레한 마음을 선물하고 싶습니다

활짝 핀 꽃잎처럼
내 마음 향기로 가득 채워
단미스레 기다립니다

설레는 기다림이 내 마음을 꽃 피웁니다
오늘 그대가 내 곁에 왔으면 좋겠습니다

제목 : 오늘 그대가 왔으면 좋겠습니다
시낭송 : 박순애
스마트폰으로 QR 코드를 스캔하면
시낭송을 감상할 수 있습니다.

# 아침이 좋다

마음의 고요를 깨고
분주한 아침을 맞는다

아침은 언제나 맑음이어서 참 좋다
새로운 마음가짐과
설렘 기대 희망찬 생각
이런 모든 것들이 나를 가슴 뛰게 깨운다

그대도 나처럼
새날의 아침을 맞으며
새로운 설렘과 희망으로
가슴이 뛰고 있는가

# 마음의 정원

하늬바람이 휘파람 부는 날
아름다운 향기로 가득 찬
마술의 파라다이스

고운 햇살 띄우는
내 마음의 정원에 설레는 너를
수줍게 초대하고 싶어

청아한 목소리로 다정하게 너를 부르면
내 마음의 정원에
사랑의 꽃씨로 장식하네

너의 눈빛이 황홀하게 빛날 때면
매혹의 모습으로
온통 환희로 물들이고 싶어

사랑의 기쁨으로 가꾸어진
내 마음의 정원에
고귀한 열매가 주렁주렁 열리는
마술의 파라다이스

# 알람 시계

어젯밤 너와 내가
다정히 맞춰 놓은 알람

경쾌한 알람 소리에
화창한 하루를 열어본다

작은 너의 심장에서 울려 퍼지는
상쾌한 노래는
항상 기대와 행복으로 가득 찬 희망의 메시지

경쾌한 알람으로 시작되는 하루
설레는 마음은
빛나는 하루를 기대한다

# 이른 새벽

달달한 잠에서 깨어나
해 맑은 미소는
사랑이 몽글몽글 피어오르는 듯
기지개를 활짝 편다

투명한 맑은 영혼은
새 날을 맞이하는 희망찬 여명으로
가슴이 벅차오르고
오늘에 대한 기대와 설렘으로
아름다운 마음을 채워본다

사랑옵게 다가갈 내 작은 가슴
온통 향기 담은 수채화를 그리고
너와 함께 할 하루에
빛나는 나의 꿈이 나래를 펼친다

나는 오늘도 내일도
희망찬 저 여명과 함께
그리고 사랑하는 너와 함께
빛나는 나날을 꿈꾸고 싶다

# 좋은 날에는

눈부심이 좋은 날에는
너와 나의 마음속에도
찬란하게 빛나는 흐름이 있어 좋다

약속하지 않은 통화에도
다정함이 묻어나는 결 고운 대화가
행복을 주는 언어로 흘러서 좋다

마주 보지 않아도 아름다운 그 마음속에
사랑스러움이 다가와
흐뭇한 맑음으로 선물이 되어 주는
좋은 날이 참 좋다

# 시인의 마음

맑은 마음에는
언제나 향긋한 바람이 불어오고
설렘으로 가득 찬 나의 미소 속에는
오늘도 경쾌한 연주가 시작되어
행복의 노래가 울려 퍼진다

사랑스러운 나의 마음
한편의 서정시에 곱게 담으면
달콤한 사랑과 그리움이
마법처럼 싱그럽게 꽃을 피운다.

# 해찬솔

서러운 해윰이 물비늘처럼 일렁이면
쪽빛으로 물들인 너를 바라보며
하제의 초록 꿈을 꾼다

늘솔길에 마음을 열고
너를 마주하면 끌끌해져
늘해랑으로 조용히 다가와
넓은 아라 되어 그린나래 펼친다

아련한 내 작은 가슴에
생채기로 얼룩진 아픔
따스한 너의 가슴으로 어루만져 주어
함초롬한 마음은 해찬솔 되어 준다

*해찬솔 / 햇빛이 가득찬 소나무 숲 *해윰 / 생각을 뜻하는 우리말
*물비늘 / 잔잔한 물결이 햇살 따위에 비치는 모양 *쪽빛 / 짙은 푸른빛
*하제 / 내일 *늘솔길 / 언제나 솔바람이 부는 길
*끌끌하다 / 마음이 밝고 바르며 깨끗하다
*늘해랑 / 늘 해와 함께 살아가는 밝고 강한 사람
*아라 / 바다의 우리 말 *그린나래 / 그린듯이 아름다운 날개
*아련하다 / 보기에 부드러우며 가날프고 약하다
*생채기 / 손톱 따위로 할퀴거나 긁히어서 생긴 작은 상처
*함초롬한 / 젖거나 서려 있는 모습이 가지런하고 차분하다

# 마음의 날씨

상쾌한 아침 공기
눈부신 아침 햇살에 설렌 마음까지도
기분이 좋아진 아침

입꼬리 살짝 올라간
오늘의 마음 날씨는
말하지 않아도 맑음맑음

마음의 날씨가
새콤 달콤 상큼한 날엔
하기 싫은 일도 OK
대답도 시원 상쾌하게 Yes

마음의 날씨가 맑음일 땐 나는
사랑하는 그대에게도
영롱하게 밝게 비추어 주는
아침 햇살과도 같은 따사로운 존재이고 싶다

희망이 빛나는

하루 하루가 즐거운 나날이 될 수 있도록

매일이 사랑스럽고

나의 마음이 맑음이었으면 좋겠다

# 싶은 날 있다

우울함이 파도처럼 밀려와
그냥 어찌할 수 없어
아픈 마음이 스며든 여린 내 영혼
따뜻한 너의 목소리 듣고 싶은 날 있다

마음에 비가 하염없이 쏟아져
그리움이 사무쳐 버린 날
가냘픈 내 영혼
너에게 포근히 안기고 싶은 날 있다

사랑한다는 그 마음속에
서글픔이 눈물처럼 흘러내릴 때
가슴이 아릿한 내 영혼

너에게 수줍은 입맞춤 하며
온종일 고운 미소로
너와 같이 있고 싶은 날 있다

# 너의 별이 되고 싶다

거리에 어둠이 내리면
가로등 하나둘 피어나고
푸른 밤하늘에
다정한 너의 미소가 빛나는 밤

화려한 별들의 축제는 시작되고
사랑의 멜로디가 사랑스러운 밤
너와 나의 사랑의 눈동자에도
묘한 마술의 연주가 시작된다

정열의 불꽃처럼 뜨겁게 타오르는 밤
반짝이는 수많은 별 사이로
나는 너에게만 빛나는 영롱한 별이 되고 싶다

아름다운 빛으로
오롯이 너만 바라보며 행복을 노래하는
유일한 별이 되고 싶다

# 깊은 사유의 번뇌

별들도 숨어버린 밤
가련한 마음은
슬프다
아프다

흐느끼는 애처로운 영혼
사무침이 밀려드는 가슴속엔
당신의 그리움이 머무르고 있음을

통증이 달려오는 심오함
견딜 수 없는 번뇌에 눈을 감고
깊은 사유의 몸부림은 처연한 듯

여린 입술
당신께 고백의 언어를 바르고
당신의 그윽한 눈 속에 빛날 사랑이
나이기를 기다리는 이 마음
정녕 당신은 모르리

# 당신을 사랑합니다

푸르른 바람에 나뭇잎이
향기롭게 흔들립니다
맑아진 가슴은 환희로 가득 찹니다

오늘처럼 푸르른 날에는
맑은 미소의 당신이 더욱 그립습니다
고운 모습으로 당신과 다정히
함께 하고 싶은 날입니다

산들산들 부는 바람에
풀잎 향기 날리면
설렌 마음은 당신의 향기인 듯
나는 당신의 풀잎 향기에
수줍은 입술 살며시 입맞춤 해봅니다

어느새 사랑하는 당신은
나를 꼬옥 안아주십니다
내 마음 흔들리지 않도록

신록이 푸르른 계절에
나는 고운 미소로 당신을 사랑합니다

제목 : 당신을 사랑합니다
시낭송 : 장선희
스마트폰으로 QR 코드를 스캔하면
시낭송을 감상할 수 있습니다.

# 꿈꾸는 나비

**정연희** 시집

2019년 11월 14일 초판 1쇄
2019년 11월 19일 발행
지 은 이 : 정연희
펴 낸 이 : 김락호
디자인 편집 : 이은희
기 획 : 시사랑음악사랑
연 락 처 : 1899-1341
홈페이지 주소 : www.poemmusic.net
E-Mail : poemarts@hanmail.net

정가 : 10,000원

ISBN : 979-11-6284-158-7